Thirty an' Seen a Lot

Evangelina Vigil

Arte Público Press
Houston, Texas
1985

Some of the poems in *Thirty an' Seen a Lot* were first published in *Caracol, Chrysalis, Fuego de Aztlán, Maize* and *Revista Chicano-Riqueña*.

Bar América, San Antonio, Texas, by
Cover Photos: Francisco Blasco

Arte Público Press
Revista Chicano-Riqueña
University of Houston
Central Campus
Houston, Texas 77004

First Printing, 1982
Second Printing, 1985

Library of Congress Catalog No. 81-68073

ISBN 0-934770-13-1

Printed in the United States of America

For Juan Vigil and María Vigil

CONTENTS

sin ganas en primer lugar

I feel
not lonely
but alone
like a good actress on a stage
but with no props
no supporting actors
no friends in the audience
and no heart for it all
anyways

surely soon I'll come to know
behold
that secret
something that my grandma knows
but that I don't
something so much there
that I do not appreciate it
I've seen it in her eyes bright
I've sensed it close-up
in her childlike happiness
her appreciation for all
that makes her world

surely soon I'll come to know

remolino en mi taza

I love to spill a splash
of thick white cream
into a delicious steaming cup
of grandma's strong strong black coffee
swirl some sweet
and then anticipatingly
hot kiss
the spinning wheel of brown fortune
to a soothing, tasty
stop

spinning on solid ground

I cannot believe I find myself in hollow space again
and to my distress
sin la energía necesaria
para sanar
llenar mi existencia
de nuevo—
I shudder to think that it's a cycle

Why couldn't it still be una rueda de fortuna?

Golly.

I used to have such nice times en los carnavales de San Antonio
I could pick out my thrills undiscovered
without consciousness of consequences
rides were cheaper too
and gypsies looked like gypsies
'cause they were
and you could not look forward to a scarey walk home
in the dark, across railroad tracks
where winos, hobos and tecatos converged
with the other westsiders

No, ya no es como antes
todo ha cambiado
dice mi abuela
suspirando
viendo
marvelling at la transformación
del centro, del mercado—
cosas concretas y seguras
en mi espacio hueco

Jijo.

they say she dared converse
with the full moon

they say she dared converse
with the full moon

la oscuridad
de lo hondo del mar
es tan rica
misteriosa

me hace voltear
hacia la luna
y al ver su cara iluminante
redonda
me vuelvo loca

sometimes
I chance to sit out in the moonlight
breeze blowing
esquisito
leaves silhouettes, yes dancing
in natural movement to el aire fresco
and I say to myself
as long as naturaleza's around
I know I'll keep on writing poems

quién sabe qué tengo

alma que siente la vida
no puede resistirse
porque lo dominan esos elementos básicos:

    beso en los labios
    dulce sonrisa
    pasión
    con sus peligros
    y sus heridas:
    secretos silenciosos

silenciosos . . .
silenciosos. . . . .

como tú
que no puedes dormirte por las noches
escuchando el son de un reloj;

como tú
parado solo
y entre tantas almas;

como tú
viendo hacia el cielo
tus ojos de águila
escuchando el secreto
de los patos voladores:

stream of silent journey
cruzando tu mente
and your heart warm and pounding
life's blood surging
caliente
your sudor suddenly arrested by
escalofrío
al sentir tu espíritu recibir
un picón
desde'l infinito

"quien sabe dónde
quien sabe qué
eso será"

"night vigil"

in the twilight hour all is still
all lights out
except for my nocturnal eyes, fluorescent
shining on oscuridades
spotlight rolling
exposing crevices on walls
shaded pastel surfaces
elongated door structures
furnishings converted into bultos by the darkness
como los que te espantaron cuando niña
"cúrala de susto"
dijo tu abuelita:
in your juvenile memory
four little broomstraws forming crosses
an egg, water

in night surroundings while others sleep
my heart thumps, off beat
absolutely refusing to align itself with time
ticking rhythmically
from faithful clock
marking time
advancing time
in night surroundings while others dream
I can taste my solitude

my imagination spins
images take form
I recall the splendor of beaches in the Caribbean
warmed by the sun
caressed by waters blue
I recall the powerful thrusts of the Atlantic
the Pacific
I envision beaches being swallowed up by night tide
the color of obsidian
moon illuminating rapture

I picture in my mind
receding waters
por la mañana
exposing sprinklings of starfish, urchins, seashell pedals pink
nocturnal creatures slithering, crawling, stretching
traces of last night's liquid passion
(what the stars will not tell)
realization anchored in this knowledge:

    the universe is immeasureable;
    the constellations shine so

thoughtglow spins into silvermist, then silverblack
then into live darkness
feelings, sensations have collected themselves back inward
to self-consuming origins
in depths of memories reconcealed

    images have disappeared before my very eyes
    like would they were they tails of comets
    or paths of falling stars

            images have vanished in colorful flashes
            dash by dash
            like silk scarf streamers would
            into elegant skillful, white-gloved hands
            of a magician

consciousness retreats into my breathing body
I am back in this room
I feel calm awareness of heart pumping lifeblood rhythmically
my own body warmth sends chill through my bones
warmth regenerates
I breathe in stillness
with ease

solitude, darkness, quiet
envelope my once more
feelings of loneliness, forlornness gather in my chest

they weigh my heart
sentimiento slowly transforms into a focused thought—
spotlight rolling again
mind fluorescent, sensors beaming
surveillant

sideglance:
the sky glows opaque
window frames silhouette of tree with winter limbs
the branches are brittle, made so by the frost
they are silver-lined with moonmist
they are beautiful, elegant
they express artistry, magic

closing my eyes, I turn inward
I feel fluid, serene, peaceful
my mind lies potent with imagination
all is silent around me
I am by myself
I am singular
the night's presence cushions me
its embrace is pillow soft

como un indio
who in stillness detects stampede
of approaching herd
I detect
far off in the distance
an approaching train
its heavy rhythmic speed transmits velocity through my bones
its iron clanking sounds are muffled, sifted
by the night air thick with mist and fog
I hear its familiar whistle
its distant call slowly permeates through nightspace
it rings solitude
immense sadness engulfs me
it is upon me
but it quickly begins to fade
like a tumbleweed of sound

rolling by:
I wonder who this nightrain traveler is
I wonder how he feels about this vast sea
of nocturnal singular existence

I pull multicolored quilt over my head
mind rests assured:
in the morning the sea will flow aquablue
sparkling and vibrant, activated by the sun
brilliance, inspiration
will explode from within the spirit, uncontained
but tonight
nocturnal naked eyes keep watch
beholding with awe
heart's inner vision:

moment's pause
del corazón
anchored in perennial motion
like cascades of the ocean waves
gushing
crowned with white lace liquid patterns
jeweled with watermist of pearls exquisite
crescents volatile, explosive
energía sculpted
by force of rolling tide

transcendence

my god how
did you do that
to me just
said I'm coming
in and wiped out
all the world just
me and
you my
god

my god
look at me what
have I become but
a bundle of nerves
can't even cry no tears
only cold tension
that not even the sun
can penetrate

splendor
a Harryette Mullen, poet
y Myrna Renaud, dancer

she'll walk up to you
eyes sparkling
cheeks beaming
"I have a surprise!" she'll announce
she will extend delicate palm before your eyes
revealing diamond of music in her hand
its radiance will be dazzling
its beauty illuminating

she'll tease your curiosity
concealing it behind her back
when you marvel
"Where'd you get that, woman?"
you are simply amazed

but she won't say nothin'
just smile bright within herself
in secret knowledge
imagination vibrant
her body swaying so, childlike
in rhythmic vision
heart so alive!
heart so alive!
and swayin' and dancin' just like that
music emitting prisms of radiance
from within that diamond of future
she holds in her hand

momma's bosom

a ver
a ver
vamos a ver
¿qué's lo que traes ahí?

¡oh, es un centavo!

¡u yu yuy!
¡válgame dios!
¡ah, qué muchacho!
¡ya va comenzar a chillar!
¡újule, hombre!
no te digo.

    vente, mi'jito
    es que lo desconoce, papá.

el viejito: tiempos perdidos

oiga señor
¿no me puede decir usted
dónde queda la calle Banner?

¿la calle qué?

la calle Banner
debe de estar por aquí muy cercas
por aquí vivía yo cuando estaba chica

¿y dice que es la calle qué?

Banner

pues, no
por aquí no hay ninguna calle
que se llame así

iniciación

como les encanta a las mujeres mexicanas
vestir a sus niñas en vestidos de seda
colores bajos
como celeste o color de rosa
amarillo, verdecito
con calcetines blancos
y zapatitos de charol

así nos vestían más antes, ¿se acuerdan?

especialmente para el día de la coneja
o para bautizos

vestidos de seda:
reminds me of
First Holy Communion

¡águila!

one's sense of being
bounces
off things
and people

so then
one has to keep those eyes
bien truchas

es decir
ser
como aquel señor
que el otro día vi
sentado en la plaza:
él solo y viejo
pero bien águila

he saw all
even in his senility

por la calle Zarzamora

entro a una cantina
y como ciega busco mi lugar
eso es muy importante
luego ordeno una cerveza
y me acomodo

allí están sentaos
los batos y señores
on bar stools like pájaros cansados
periqueando y pisteando
y de rato a mi presencia se acostumbran
y siguen con su onda natural

entran por la puerta dos mujeres
muy arregladas—
o como decían más antes, bien 'jitis'
con olores de perfume
y de aqua net hairspray:
pues, se ven bien

pregunta el bato
"¿de dónde eres?"
contesta ella
"¡yo soy del Westside y no trosteo
ni a mis hermanos, bro'!"

responde él
"¡pues, jijo!
¿te compro una cerveza, babe?"

dice ella
"no"
pero se sonríe en secreto
y le dice a su amiga
"'horita vengo"

se para, componiéndose la blusa

bien, over her pants, y él viéndola
"¿a poco ya te vas?"
él dice
dando esa mirada conocida
"no, voy al restroom"

side glance
side smile
swaying hips and curves
jingle jangle of her bracelet

sonriéndose se empina el bato la botella
and wagging chapulín legs in-and-out
le dice algo a su camarada
y los dos avientan una buena carcajada
y luego siguen platicando
mientras la amiga, unaffected
masca y truena su chicle
viéndose por un espejo
componiéndos el hairdo

el mercado en San Antonio
where the tourists trot

el otro día
me levanté yo bien temprano
y una buena caminata di
por la plaza y el mercado
y en una banca de madera me senté
a desenmarañarme el pelo
y, hijo, que sí batallé

y luego como casi media hora
me pasé entretenida
viendo por entre vidrieras
aterradas y pañosas
de tiendillas y boticas
ya abandonadas
pero nunca olvidadas
donde en años del pasado
se vendían comics
anillos importados
y velitas y novelas
santitos y rosarios

y de repente me di cuenta
qué tan hondo me encontraba
en recuerdos del pasado
cuando una voz tan de repente
tan cercas que se oyó—
voz que penetró mi espacio
voz que me espantó
me estremeció

dice la voz artificial
oiga, señorita,
perdone la molestia
pero por casualidad
¿no traerá usted un nicle
que me pueda dar?

me sorprendo
y volteo
y veo al señor
barbudo, flaco, hambreado y crudo
adicto del licor
vagabundo solitario
perdido al mirar

y la realidad absurda
me estruja
y obedezco mi impulso—
pero ay, pregunto yo,
dígame, señor,
¿en qué le va a servir un sólo nicle?

con ojos brillosos como espejos
me da una mirada penetrante
y como entre sonrisa y dolor
la voz artificial me informa:

pues nunca sabe uno
un poquito aquí
un poquito acá
quién diga quizás junte
suficiente pa'—

and I smile from heart
comprendiendo que's verdad
y le doy una peseta
y el comprende el respeto
y yo la claridad cristal

el mercado queda
por la calle Produce Row
y la plaza queda
en el corazón del centro
por la calle de Comercio
de Comercio y Soledad

entierro

cuando viene uno
a sentarse sola
en Contreras Ice House
afrentada hacia el arroyo
sabiendo que sólo ese espacio
es el que se debe de ocupar ahorita
y por un buen rato
entonces uno se ha puesto
a de veras sentir
la pena de un luto
sobre la vida

escuchen ese triste bolero
naciendo de ese bajo y violín
acordeonando

nos dice el otro
"la vida es el recuerdo"
nos dice la mano del escritor:
sáquenlo de abajo del piso

universal links: unas virongas después del trabajo

just think:
today
a week day
por la tarde
de un verano
retequecaliente
deep in August
en el centro de la canícula
¿cuántas almas
no se encontrarán
pisteando cerveza helada
en los congales
por todo Tejas
taking a breather
y pensando en esas cosas
reales de la vida?

with a polka in his hand
a Don Américo Paredes

tired out de todo el día
me senté a pistearme
una cuba libre
in a classy joint
with delicately leaved green plants
blossoming in all directions
and picturesque windows
brilliant mirrors
and a polished wooden antique bar

and I gazed out
through elongated window structures
framing like a picture
el patio en el mercado:
white, sun-bleached ladrillos cuadrados
whereupon
just one drink ago
troteaban los pies indios clad in dusty shoes
de aquel viejito
que se atravesaba en frente de la puerta
de la cantina cara y gringa—
yo
por un instante
esperando que él pasara
y él
contenido
en sus pensamientos claros
pushing with strong weathered brown arm
an ancient wooden cart
y en su mano izquierda
un radio de transistor
sí, un radio de transistor
aventando acordeón

and amazed
while just beginning to feel the buzz and warmth

I utter to myself out loud
"He's carrying a polka in his hand!"
and the anglo client seated next to me
glances over uncomprehendingly
and I think of Gregorio Cortez
and Américo Paredes
y en que la defensa cultural es permitida
and that calls for another drink
and another toast
y yo le digo a mí por el espejo
"¡ay nomás!"
y me echo el trago

los radios retumbando

la música de Tejas
le ofrece a la gente del sur
alma, ritmo y tradición
especialmente esas piezas que pegan
en el mero corazón
y que nunca paran de salir:
de ahí es de donde se agarran y se amacizan
las bandas chicanas contemporáneas

en el tiempo de calor
por los domingos hirviendo de caliente
en las tardes de color de oro
nomás se ven
todavía
los carros viejos eslickeados
riding low
y con los radios retumbando
acordeón y bajo sexto
o a veces un "Matilda,
I cry and cry for you"

youthful brown-skinned drivers
bare-chested
adourned with crucitas y medallas
tatoos or signs del zodiac
turning the street corners del Westside
spinning wheels y quemando llanta
and flirting with the girls from las courts
clad in tight, tight short-shorts
llamándoles "¡macitas!"
or, "hey, baby, wanna ride?"
but minding the driving:

one strong steady hand
on snakeskin-wrapped steering wheel
one delicate, artistic hand
tuning more finely

el radio—
¡pa oír más bien
las dedica*ch*uns, hombre!
¡es todo!

la gente de Hondo

en los domingos
por las tardes
sol calientito
pentrando por entre techos y sombras
a los de la estación mexicana
de Hondo, Tejas
complaciendo a su amable auditorio
se les va
en puro leer
dedicaciones
usualmente
"bonitas melodías"
dedicación tras dedicación
felicidades del corazón
a los novios
a las quinceañeras
a los que cumplen años
a los que celebran aniversarios
con mucho cariño
de parte de sus esposos
esposas
madrecitas
padres
hermanitos
queridos
queridas
amistades

y la gente toca sus radios
todo el santo día
contentos, digo yo
que no se les olvidó
mandar las postcards

only one

my man is a man of many dares
he lavishes life
ravishingly
and he answers any questions
I may ask

lujo

tráiganme los vinos
más finos
y las comidas
más exóticas
y sírvanme
como a Delgadina
en tazas de oro
y platos de china
y déjenme saborear
la hermosura de ese hombre
tan lleno de vida
y no me pidan
que lo comparta
soy de pasión

sudden storm

I hear the delightful clitter clatter of hail
one of those unannounced storms
which at the most unexpected hour
invades San Antonio

the skies darken in an instant
like heaven's light out
and the strong, masculine wind
with its tempestuous gusts
dances to the sea
it's final song of vigor and passion
reaped from waters vast

and your window frames wind, rain
and crashing thunder
and you remember the whole day's wash
left hanging on the lines
all the linen
and the old man's calzoncillos—
"ni modo"
you mumble to yourself;
and so you delight in the storm
and its crashing passion
and you picture in your mind's eye
wood-gray jacales en el westside
being drenched by pouring waters
and your imagination spins into one- and two-room habitats
where you catch glimpses of viejitos y viejitas
shuffling before their make-shift altars
prendiéndoles a sus santitos
sus velitas

yo ya tenía las mías prendidas desde muy temprano

once in 1969
met a Black poet
on a Greyhound bus
who wrote in fluid black ink
a four line poem
on the beauty and serenity
of the blank page

since than I've longed
to decorate with words
serenity

ritual en un instante

ves
estaba este hombre
sentao
en una mesa
en una esquina
de un cuarto
y el color de la pared
era verdecito
como el color de un cascarón
ves
y esto hacía que se le mirara
el pelo
y los ojos
y el bigote
muy suave, ves
y luego el bato se sonrió conmigo
y pues qué pude yo hacer
más que quebrarle'l cascarón

y todo el cuarto se llenó de confetti

sacramento

I will fast today
me tomaré solamente una taza de avena rala
y un té de manzanilla;
the powers of destiny which now threaten my spirit
will find me high on life

es como cuando
con intención
sales de tu casa
rumbo a la iglesia
sin desayunar
pa' poder comulgar:
pero tienes que salir temprano
pa' poder confesar

mente joven: nothin' like a pensive child,
cold north wind flapping against his hair
and tender face

and you remember grandpa—
"Papá," le decían todos
when he died
you were only age six
and you recall parientes
making you walk up to the corpse
and kiss its cold face and you
remember, too, how he used
to terrorize you into "un besito"
on his brown, leathersoft face
made rough by salt-and-pepper beard,
you so scared of him, whom you
hardly ever saw—
he'd prop you up and sit you on his lap,
you frozen stiff with shyness and embarrassment
and he asking you things and you
not knowing how or what to answer
only that he was so desconocido
yet full of so much love
and so big and brown and strong
"salúdele a su abuelito," te decían
and you recall how he would
always give you a bright shiny penny
pa' comprar un chicle en el molino nextdoor
maybe you might get un premio!

evening news

there's people enduring severe hardships
without nutrition, clothing, medical attention
in India
in Haiti
and in San Antonio's West Side and
they're struggling, too, with
unemployment, economic exploitation and
there's people who in hidden ways are
resisting sophisticated
twentieth century capitalism and
economic and political world control by
those few who
own the bucks, the oil
and the labor, where
we're weakest porque
tenemos que hacer por la vida
but there is unmistakeable confrontation
these are times of war and
people
a great number are
methodically patiently working weaving their way around
that human ugliness and basic human depravity shrouded often by
greed and racism
and not unlike indios surrounding
the enemy
quietly
instinctively but
all this that's going on in
South America
Central America
and in the purple mountains of México and
in most places is difficult for
us to conceive sitting here comfortably
before our television sets I
don't believe the media even covers
it you'd have to go to the source I'm
sure and I sigh, sing, cry and shout it

is damn hard making it as a Chicana in the U.S.A. so
acutely aware of all the psychological
violence one must face every day, you know, personal and
remote, and my mom
is so broke but that's
nothin' new and her life-long friend from
los San Juan homes just lost her fifteen-year-old boy
in a Saturday night special gun
battle, the name of the game, cops
vs. minority youth in the urban housing projects (this
time it wasn't glue), but that's nothin'
new neither and meztizo youth
these days, a lot of them
they're taking to putting back on their red bandanas, makes
them look like who they are
si te fijas
and, warrior-like, almost
they gather
like the tribes of Saltillo and
converge in the urban centers of the world you
can catch them penetrating their vision through what's going
on and through the present for they
must nurture their tomorrow, ya son hombres y mujeres
and since I became unemployed sure
have missed exquisite meals at restaurants along
the riverwalk or day-long glassfuls upon
glassfuls of fine wines at joints en el mercado where
I always see viejitos with indio eyes concealing ancient knowledge
they look down or away, their weathered leatherbrown
arms pushing wooden carts or carrying wrinkled up brown
paper bags with their mandaos in 'em or Mexican
ladies with Mexican style shopping bags bought in Reynosa pa'
echar todo or cheap, obtrusively bright synthetic plastic bags made
in Japan and bought at Kress and Mexicans
do all the dirty work in this city, si
te fijas, and they also make
up the wino scene, si te
fijas, and
"there are thousands of nice-looking brown women in this town!"

a friend I hosted once exclaimed, tirando un grito
as punctuation, to which I uttered
an aside: many taloneándole with Iranians and
other foreign-exchange dudes and military types who
cooped up in barracks and training in
anticipation of fringe benefits as soldiers stationed in S.A., are
horny as shit and prize a good piece of brown ass and
gots the bills to pay for it, 'sides; plus it's
part of the healthy economy I'm
so broke but that's an old story—that's
what I said to myself this morning I'm
tired of the same old thing but I'm not,
not really, for it's not *quite*
the same old thing and I
peer through my left mind's eye for
a glimpse into my future and it scares
me 'cause you know I
can't see it imagine
if one could but
life is this
other
way.

ser conforme

my mother made me a beaded necklace
a beaded ring
and also a bracelet
gypsy colors
were the ones she used
indio colors but
fluorescent

and I think to myself
why is it that mothers always know
what kinds of things their daughters like
like when you were small and
she'd come home with two new dresses
one that you just loved
but expensive and
one that didn't strike
your fancy but was
cheaper

kitchen talk

speaking of the many
tragedies that come in
life most times unexpectedly
I uttered with resolution,
"nunca sabe uno lo que le va
traer la vida de un momento
al otro."

sintiendo en un instante
todo lo que ha sentido en su vida
responde mi abuela
"no, pues no,"
thought perfectly balanced
with routine rinsing of coffee cups and spoons
"¡qué barbaridad!
¡pues si supiera uno,
pues qué bárbaro!"

warm heart contains life
to our amás

warm heart contains life
heart's warmth
which penetrates through pen
lifeblood that reveals inner thoughts
subtly
like rustling leaves would secrets
to the winter wind

secrets collected
pressed between pages
to be kissed by lips red
protruding with warmth, desire
sometimes hurt, pain:

recuerdos
like that autumn leaf you singled out
and saved
pressed in-between the memories of your mind
diary never written
but always remembered, felt
scripted en tu mente—
your daughters will never read it
but they'll inherit it
and they'll know it
when they look into your eyes
shining luz de amor, corazón
unspoken, untold
keepsake for our treasure chests
que cargamos aquí adentro
radiant with jewels
sculpted by sentimientos y penas
y bastante amor:

intuition tells us
better having lived through pain
than never having felt
life's full intensity

la canícula

las horas se pasan
como días bien largos
en el tiempo de calor:
cuando las calles y banquetas
tan calientes que están
que penetra el calor
por entre mis thongs
cuando cruzo al tendajo
a comprar kool-aid y el Light

las horas se pasan
como días bien largos
en el tiempo de calor:
cuando las chicharras
como que saben y adrede
chillan y chillan
todo el santo día
y nos achocan
y nos fastidian

las horas se pasan
como días bien largos
en el tiempo de calor:
cuando corretean los huercos
por los callejones
descalzos sin camisas
bien quemados
trasquilados
rolando las llantas

tantas horas
espacio eterno:
tiempo para construir
y destruir
y reconstruir
de otro modo

tantas horas
horas inmensas:
tiempo para pensar
y recordar
y analizar
a nuestro gusto

horas tan largas
como un castigo:
to create
and degenerate
and re-run el ciclo
ves tras ves

horas tan largas
amplitud inmensa:
para pensamientos
y sentimientos
y tantos dolorosos
reconocimientos

horas eternas
amplitud inmensa
llena de ansias
a calmada histeria
naturaleza
que desespera

tiempo maldito
libre en el viento
de la cárcel
de mis pensamientos

tiempo maldito
sin madre sin rinde
siempre en busca de bullas
y laberintos

tiempo maldito
sin quién te diga nada

reviviendo el pasado
removiendo conciencias

tiempo infinito
serás el demonio
te desvelas en vicios
duermes tarde

"¡mírala! ¡mírala!
ahí va ya. con ese
pelo de judas. nomás
buscándose la mala hora.
¡chihuahua, hombre!"

me caes sura, ese, descuéntate

eres el tipo
de motherfucker
bien chingón
who likes to throw the weight around
y aventar empujones
y tirar chingazos
and break through doors
bien sangrón
saying con el hocico
"that's tough shit!"
bien pesao
el cabrón

y precisamente por esa razón
whereas ordinarily
out of common courtesy or stubbornness
the ground I'd stand and argue principles—
esta vez que no
porque esa clase de pendejadas
mi tiempo fino no merece
y mucho menos mi energía
sólo que ahí se acaba el pinche pedo

y no creas tú que es que yo a ti te tengo miedo
si el complejo ese es el tuyo
¿porque sabes qué, ese?
out of pure self-interest
I like to wear only shoes that fit
me gusta andar comfortable

para los que piensan con la verga
(with due apologies to those who do not)

lost cause:
ya no queda energía mental
y ni siquiera señas
del sincero deseo
de tratar de aliveanarle la mente
al hombre bien perdido
en el mundo de nalgas y calzones

se trata de viejos repulsivos
tapados con cobijas de asqueroso sexismo
agarrándose los huevos
a las escondidas
with brain cells
displaced/replaced
by sperm cells
concentrating:
pumping away

ya no queda energía mental

cantina blues

como que la locura de veras es
el único motivo
la borrachera
an end in itself

como que la cerveza anima
inspira
o como que hace cosquillas

eso digo yo ahorita
que me fijo que toditos estos hombres
entre más a la cerveza le entran
más se carcajean

como que cualquier onda
cualquier chiste
pega porque pega
cualquier filosofía está bien de aquellas
sabiduría precisa

yo no sé
pero dicen que la desesperación
la histeria
el delirio
se disfrazan
y se enmascaran
en risa y carcajadas
igual como en lloro
y llanto

la loca

han visto
a esa viejita
que todos los días
pasa bien a prisa
por la calle san fernando
hablando sola
a veces rezando
a veces echando
con un tono de voz
pues que convence:

"you good for nothin'
sonavabitches. son un
montón de putos y putas
chapetes relajes."

y los perros guatosos
ladriladre
pero de lejitos
aunque la gente
sí se asoma
por entre cortinas
y a sus portales
otros salen
encantados de la vida
provocando unas cuantas cochinadas:

"viejo puto desgraciao. se
te va a caer la verga carbón.
y tú también vieja
perra caliente."

con bolsa antigua
sobre un hombro
y con paño desteñido
sobre canas despeinadas
se pasea por el barrio

arreglando sus asuntos
persignándose al pasar
por en frente de la iglesia
y tirándoles el dedo
a relajes y chapetes

¡es todo!

¡ay qué mujeres mexicanas!
with your skinny ankles
and muscular chamarros
in your flowered dresses
o vestidos cuadrados—
half-sizes
(pa' que queden bien de la cintura)
and beige-tone panty hose
(oyes, huercas,
¿se acuerdan de la ligas?)

¡ay qué mujeres mexicanas!
con sus zapatos blancos de charol
(para el tiempo de calor)
esperando el bos
de Guadalupe o Prospect Hill
untándose un poquito
de perfume por aquí
o de makeup por acá
followed by a quick last look
through the Suntone compact mirror
followed by a skillful flip
of an Avon golden bullet
three quick scarlet dashes
coloring the waiting lips:
    half-heart right
    half-heart left
    lower lip half-kiss
followed by el beso al revés
glance at the watch
one quick final look around—
ahí viene el bos
¡es todo!

¡ay qué mujeres mexicanas!

mi abuelita y su hermano

así vivieron ellos
una vida eterna
de conversación
desarrollando el pensamiento
y la filosofía íntima
de mi barrio y de mi ser

tantas pláticas
voces bajas y distintas
discusiones importantes
sobre tantas tazas de café
creando tanto y todo lo que sé

conversaciones eternas
por tantas noches
de invierno
y por tantas tardes
frías y nubladas
creando mi filosofía

    "pues el volcánico y
    muy bueno para el reumatismo"

discusiones eternas
por los mediodías
quietos y calientes
envueltos entre ruidos
cercanos y distantes
de rutinas diarias:

los perros ladrando
los gallos cantando
las palomas gurgureando
los frijoles hirviendo
y el vapor y aroma
por entre los cuartos

los radios retumbando
canciones de desprecio y sentimiento
y muchos abrazos
y bastantes penas
y dulces sonrisas
y tantos sacrificios

así vivieron ellos
sentados en el centro de la canícula
sudando
pensando
por las calurosas tardes del verano

     "¡ay dios, pero que caliente está!"

abanicándose con periódicos
sin sus historias
pero esas historias
vibrantes en sus mentes
mientras en un canto sereno
llamándole al barbas de oro*

     "Barbas de oro. . . ."
     "Barbas de orooooo......."

     (ay, pero que lindo se siente el viento. . . .)

     "Debes de salir pa'l portal, Abel."

     (esquisito.......refrescante......)

     "Sal, Abel. Está muy caliente ahí adentro."

     (las hojas de los nogales, como sonajas,
     empiezan a tocar . . . y el mensaje que revelan
     llega desde'l infinito.....)

así vivieron ellos
hermano y hermana

compañeros concientes
de la dicha soledad
cargando entre sus pechos
la ternura de nietos acariciados
igual que'l sentimiento
de viejos por momentos
solos y abandonados
pero nunca, nunca
olvidados

*Old Man Wind in the summer evenings

to the personalities in the works
by José Montoya and the chucos of the future

recall that memory
that keeps calling you back in time
but will not show itself:
invisible fiber connected to the past
needled through your ombligo
it pulls you onward
but at the same time
aback

aback
like a bato loco from the barrio
confident stacey adams steps
clicking rhythmically forward
but head swung back some
as if poised to say
"¿qué pajó, ese?"
"what's happenin' home!"

yes, head swung back some
because string of consciousness
pulls him back in time
although the dude
is really walking forward

Para El Machete, Arturo Valdez
que en paz descance

A este bato, ves
pues le gusta viajar
es gypsy el bato
húngaro de a madre
lo domina la sangre
del indio nomad

Unos le llaman
pues que el "Aztlán Express"
otros le dicen
quesque el "Paul Revere"
de la Revolución Tejana

Pues sí es revolucionario el bato
y el espíritu del Movimiento
lo trae bien loco
volando por dondequiera:
por Robe
San Antonio
Houston
Dallas y El Paso—

Miren, you name the town
y el bato's been there
spreading the news of Chicano victories
and relating crucial reportajes de estrategia
a los soldados del Movimiento
y diciéndoles a los desilusionados
(como me ha dicho a mí)
"¡pues que no se agüiten, hombre!"

Tiene chingos de entusiasmo el bato
jala por la raza
y no se agüita
('ta poco loco el bato)
volando

volando
siempre en busca:
una onda misteriosa
nurtured by
the powers of the earth
que se usan
como nos advierte el yaqui—
con cuidado
y con respeto

Es una onda misteriosa
un viaje largo
guided by huellas visibles
only to indio eyes;
paths marked by nopales
mesquite
y sávila

es un viaje doloroso
como el de la llorona
pero un viaje de esperanza
del espíritu indio:
the trail of tears of the Hopi

('ta loco el bato)
lo domina la determinación
de contestarle al espíritu
del revolucionario Villa
y junto con Pablo
entrarle
y ponerle
con toda fuerza
y con todo ánimo
y corazón
y por fin cumplir
con el deber

('ta loco el bato)
lo domina la determinación

de ponerle
pero de veras ponerle
y con ese reconocimiento
de que tendrá que costar
toda una vida
tendrá que costar
gran parte del individualismo
y a veces
el camello de aquellas
y el financial stability
y todas esas cosas, ves
pues que parece que
se tendrán que sacrificar

Y el bato
pues he has a damn good time
in his self-assumed role
of viajero/mensajero
the bearer of good news
del Movimiento
he likes to sit down
con el que quiera acompañarlo
and rap—
"tú sabes, bato, just rap"
over a cerveza helada
"¿porque sabes qué?
hay que platicar
comunicar
y practicar
nuestras costumbres"

The union of our spirits lends birth
to renewed juventud
juventud that will define and redefine
our values
what's at the core of our people's existence—
el punto central del universo:
brown luminous fibers
nurtured by

los nuevos pensamientos
de nuestros filósofos

Y el ritual indio
tiene que seguir humeando
entre conversaciones importantes
sobre ideas recién nacidas
flor de ternura y amor
que crece entre nuestra gente—
"¡el carnalismo, carnal!"

Veo a este indio colorao chicano
y a otros hombres y mujeres
comrades in the struggle
compañeros in tune
gazing across Tejas/history
with that mirada of awareness
mirrored in red eagle eyes
squinting up at el solazo—
cosmic rays of energy
penetrating the fertile grounds
of Alice
Donna
Victoria—
la cosa más natural

Veo a estos compañeros
aware
very much aware
que esta lucha
es una lucha
muy, muy difícil
es una lucha
de toda la vida

Y por eso es
que se necesita el Aztlán Express
the roving spirit
las pláticas y las conferencias

envueltas entre tragos de tequila
y chupazos de limón
y entre nubes de humo
un regalo de la tierra

El ritual indio
que se repite ves tras ves
es un ritual que estimula la mente
luce nuestra imaginación

Veo modern chicano/guerrilla campsites
en tiempos de guerra
humeando amor
filosofía
ideología
estrategia
y táctica
all of
contemporary relevance:
breeding unity
(como siempre)
para al fin
algún día en aquel futuro
que pacientemente esperamos/
anciosamente anticipamos
acabar
con el desmadre:
recrear balance
igualdad
respeto

la vida es el recuerdo

San Antonio está lleno de señores grandes ya
que por los domingos
se visten en sus suits antiguos
y camisas blancas
y corbatas rayadas
sus sombreros Stetson
y más del tiempo
un morral

se la pasan asoleándose en paz
en la placita
en frente del mercado
y en la otra plaza
por la calle Soledad

was fun running 'round descalza

barefoot is how I always used to be
running barefoot
like on that hot summer
in the San Juan Projects
they spray-painted all the buildings
pastel pink, blue, green, pale yellow, gray
and in cauldrons tar bubbling, steaming
(time to repair the roofs)
its white smoke filling summer air with aromas of nostalgia
for the future
and you, barefoot,
tender feet jumping with precision
careful not to land on nest of burrs or stickers
careful not to tread too long on sidewalks
converted by the scorching sun into comales
"¡se puede freír hasta un huevo en esas banquetas!"
exclamaba la gente
ese verano tan caliente
no sooner than had the building wall/canvasses been painted clean
did barrio kids take to carving new inspirations
and chuco hieroglyphics
and new figure drawings of naked women
and their parts
and messages for all
"la Diana es puta"
"el Lalo es joto"
y que "la Chelo se deja"
decorated by hearts and crosses
and war communications
among rivaling gangs
El Circle
La India
pretty soon kids took to just plain peeling plastic pastel paint
to unveil historical murals
of immediate past well-remembered:
más monas encueradas
and "Lupe loves Tony"

"always and forever"
"Con Safos"
y "Sin Safos"
y que "El Chuy es relaje"
and other innocent desmadres de la juventud
secret fear in every child
que su nombre apareciera allí
y la música de los radios
animando

    "Do you wanna dance under the moonlight?
    Kiss me Baby, all through the night
    Oh, Baby, do you wanna dance?"

was fun running 'round descalza
playing hopscotch
correr sin pisar la líneas—
te vas con el diablo

was fun running 'round descalza
shiny brown legs leaping with precision
to avoid nido de cadillos crowned with tiny blossoms pink
to tread but ever so lightly on scorching cement
to cut across street glistening with freshly laid tar
its steam creating a horizon of mirages
rubber thongs sticking, smelting
to land on cool dark clover carpet green
in your child's joyful mind
"Got to get to la tiendita, buy us
some popsicles and Momma's Tuesday Light!"

was fun running 'round descalza

tavern taboo

I hate to be pssst at
I hate to be pssst at
me cae pero sura

I hate to walk by a man and be pssst at
I hate to sit at a table at some mistake joint
and be pssst at

ya ni los viejos en el Esquire
no different than other viejos no doubt
pero se mantienen
es todo

Si vieras que nunca me he sentido completamente
feliz, así como ves a una gente. Ni cuando estaba
yo chica—ahí que dijeras que anduviera yo jugando
y gritando y riéndome con los demás muchachos. Yo
no. Todo el tiempo he sido así. No sé qué me entra.
Hay una gente que se les puede estar muriendo algún
pariente o algún vecino y no sienten nada. Ni les
molesta. No les importará. Y si vieras que yo—
yo siento por todos, mija, por todos. Yo me apuro
por todos. Yo pienso en todos. Y no pa' que me den
las gracias ni nada. Yo quisiera que todos fueran
felices y vivieran en paz. Pero no sé. La gente ya
se ha hecho muy cínica. Quién sabe a dónde iremos,
hija mía. Y estos muchachos que no quieren entender.
Tan cabezudos. Es por demás.

Yo me siento aquí a veces, cuando las muchachas andan
en la escuela y nomás estamos yo y tu tío aquí solos
y nuestras almas. Y nomás me pongo a pensar y rezo
por todos ustedes. Y—pues a esperar la voluntad de
Dios. Que más puede hacer uno. Nunca le falta a uno
la mala hora, cuando menos esperada. Y estos muchachitos
que no quieren entender. No quieren. Fíjate nomás,
el pobre de Chencho, tan joven. Y el pobre muchacho
sin esperanzas de salir. Ya cuando salga será ya un
hombre viejo. Me da tanta lástima con él. Pobres
gentes.

Bueno, pues qué bueno que viniste. Cuando quieras,
cuando tengas por ahí un tiempecito. Ya sé que andas
muy ocupada—sí, como Juan, tu papá. Aquí estamos.
Sí, vinieron antier. A veces aquí estamos yo y tu tío
solos. Nadie llega en todo el santo día. Y otras veces
nos caen todos al mismo tiempo y está la casa llena.
O sí, está muy bonita la bebita de Viola. Muy bonita,
si vieras. Y no se parece a los Martínez. Dicen que
se parece al esposo.

Ah bueno, bye, mija. No dejes de llegar cuando tengas
tiempo, y cuídate—

Ah, ya está sonando el teléfono—se me hace que's Juanita.
Sí, ella me lleva. Bye.

¡qué esperanzas!

I have no children
but a beloved niece and nephew
the other day
I took little Vano in my arms
and picked him up
y di puras vueltas
spinning ride
breathtaking
rest a while
dizziness

and I told him
"Look at us in the mirror, Vano.
I can still pick you up. One day
you'll be so big, I won't be able
to carry you like this. You'll
be able to carry me!"

"Vano, when I'm old,
will you take me to the park?"

"Nope," he responded
and mumbled something

"What?"

"I said I'll get you a cane, Vangie.
I'll get you a cane, instead."

and we laughed

el pésame

Manifestación en protesta contra el
asesinato de los dirigentes del
Frente Democrático Revolucionario
de El Salvador, día 28 de noviembre,
1980, Managua, Nicaragua.

"¡Compañero Juan Chacón!"
"¡Presente!"
"¡Compañero Enrique Barrera!"
"¡Presente!"
"¡Compañero Enrique Alvarez Córdova!"
"¡Presente!"
"¡Compañero Manuel Franco!"
"¡Presente!"
"¡Compañero Humberto Mendoza!"

escucho tristes lamentosas palabras
latiendo del pecho, del corazón
de este joven líder salvadoreño
delegado del Frente Democrático Revolucionario de El Salvador
palabras pesadas con tristeza
palabras bañadas entre lágrimas
palabras fuertes, firmes
contra "acción criminal del imperialismo y la anarquía
en El Salvador"
explica el compañero

el mensaje suena claro
y siento su poder resollando
alrededor de mí
entre las almas de estos miles de marchantes

"¡Marchen en tres filas, compañeros!"
"¡Marchen en tres filas!"
"¡No dejen que el mundo diga
que al pueblo nicaragüense le falta disciplina!"

les suplicaba voz de joven organizador a los marchantes
mientras los marchantes
pasos firmes pa'delante:

"¡Si Nicaragua venció,
El Salvador vencerá!"

recuerdo horribles lamentosas noticias
en letras grandes negras
en los periódicos de ayer
para mi mente norteamericana
el día de dar gracias:
"LA JUNTA LOS ASESINÓ"
decía el anuncio
y a un lado del artículo
retrato del horrible crimen:
cinco líderes
"dirigentes máximos"
asesinados

recuerdo no poder borrar de la vista
no poder sacar de entre mi mente
el pensamiento
de esa mala hora

cinco caídos
miles en luto:
recuerdo el retrato
no se me puede olvidar
no se me puede olvidar

hombres jóvenes
masizos
fuertes—
capturados
pataleados
torturados
balazeados
brutalmente asesinados

sólo ellos supieron
por lo que ellos pasaron
pero no sólo ellos sintieron
el dolor

tengo tan presentes
sus caras morotoneadas
hinchadas
ojos cerrados
como sus bocas de bigotes negros
porque no hablaron
no dijeron nada
los mataron en sangre fría
pero por dentro de los corazones
de estos miles de marchantes
y por entre las venas del pueblo salvadoreño
corre la sangre caliente
cargada
como las banderas sandinistas
con rojo sentimiento, coraje
y negro pesar, pena:
y entre los dos
firmeza, poder
y entre las mentes de todos
clara resolución

afirma
entre lágrimas
el joven delegado del Frente Democrático Revolucionario:

> "Nosotros creemos, nuestro pueblo nicaragüense,
> que no es una actitud espontánea de la Junta
> Democrática Cristiana. No es una actitud
> espontánea del imperialismo Yankee. Es toda
> una política que está preconcibida contra,
> nuestros máximos dirigentes. Es una política
> que es arrastrada a partir del plan de
> pacificación contra nuestro pueblo. . . ."

miles de marchantes
carros y trocas militares llenos de gente
banderas rojinegras
con las letras "FLN"
volando por dondequiera

"¡Marchemos hasta la embajada de El Salvador!"

gritaban los organizadores

"¡Salga todo pueblo a marchar en solidaridad con
el pueblo salvadoreño!"
"¡Salgan, compañeros!"

y por el camino
a paso firme y rápido
campesinos
trabajadores
jóvenes estudiantes
señoras grandes en sus delantales
muchachas
niños
soladados sandinistas en sus uniformes
todo pueblo se presenta a protestar la atrocidad
y se siente en el viento
presencia de serio reconocimiento:
el pueblo ya no puede resistirse
esto ya no puede permitirse
el tiempo de cambio
ya llegó

pienso en los caídos
se me presenta en mi mente
otra vez el retrato
veo sus caras
no se me pueden olvidar
no se me pueden olvidar
me entra un inmenso pesar que me aprieta el pecho
siento pena, dolor

quiero llorar, mis ojos llenos ya de lágrimas
cómo estarán las madres por estos momentos
brazos calientes cruzados sobre los cadáveres de sus queridos hijos
héroes de esta lucha—
"contra la miseria, compañera"
con calma me había explicado
un joven nicaragüense
ayer por la mañana

entiendo
escuchando las palabras del compañero salvadoreño
quien entre lágrimas y pena
sentida por miles de almas aquí presentes
proclama la fuerza del pueblo:
miles de nicaragüenses
silenciosos
escuchando
pensando
bien sabios del sufrir
del aguantar
abuso
hasta que ya no se pudo más

yo escucho, sola
todos escuchan, solos
toditos comprendemos, juntos

"¿Qué significado tiene para nuestro pueblo esta
acción criminal? El significado para nuestro
pueblo es que ha sufrido un golpe fuerte. Y
el Frente Democrático Revolucionario acepta
ese golpe. Pero eso no significa que ha tenido
una derrota nuestro proceso de revolución y
nuestro Frente Democrático Revolucionario.
Porque las organizaciones populares tienen una
capacidad de conducción. Y una gran capacidad
de llamamiento sobre las masas organizadas sobre
el pueblo entero. No ha sido una derrota en
ningún momento. Son cientos de compañeros de una
capacidad real de conducción como los compañeros
que han caído. Son cientos los compañeros con
la capacidad política, con una capacidad de lucha
y una capacidad combativa igual que estos héroes
del pueblo salvadoreño. . . ."

"¡Si seis muertos cayeron ayer,
miles de combatientes serán mañana!"

contesta el pueblo

"¡Si Nicaragua venció,
El Salvador vencerá!"